Judy Moody es doctora

Megan McDonald

ilustraciones de
Peter H. Reynolds

ALFAGUARA

Título original: *Judy Moody M.D. The Doctor Is In!*
Publicado primero por Walker Books Limited, Londres SE11 5HJ

© Del texto: 2004, Megan McDonald
© De las ilustraciones y la tipografía de "Judy Moody":
2004, Peter H. Reynolds
© De la traducción: 2005, atalaire
© De esta edición: 2017, Penguin Random House Grupo Editorial USA, LLC.
8950 SW 74th Court, Suite 2010
Miami, FL 33156

www.megustaleerenespanol.com

ISBN: 978-1-59820-034-8

Printed in USA

Penguin
Random House
Grupo Editorial

Para mi editora, Mary Lee Donovan, que me
apoya y me anima en los días negros, los
múltiples aplazamientos, los desmoronamientos
y otros megadesastres
M.M.

Para Maribeth Bush, cuyo espíritu positivo
inspira a tantos
P.H.R.

Índice

Un día negro..........................11

Cráneos en acción 20

Detectives de la salud................35

Un millón de dólares..................50

Mucus Dermis..........................62

El señor Huesos Secos 70

¡Absolutamente delicioso!.............85

Doctora en Medicina 101

Desastre médico......................120

Judy Dumpty...........................140

Sin duda alguna.......................158

Judy

Primera niña médica

Quién

Papá

Padre de Judy Dumpty

Mamá

Enfermera permanente

Mouse

La de las zarpas que curan

Stink

Donante de órganos

es Quién

Rocky

Nuevo mejor
N-migo de Judy

Ranita

¿Especie protegida?

Señor Todd

Llamarlo en caso de
emergencias de lápices

Frank

Gen-io

Jessica

Diagnóstico:
microbios en
el cráneo

Un día negro

¡PLIP! Judy Moody se despertó. *Tip, tip, tip,* golpeaba la lluvia en el tejado. *Blip, blip, blip,* pegaban las gotas en la ventana. ¡Otra vez no! Llevaba siete días lloviendo sin parar. ¡Qué aburrimiento!

Ella, Judy Moody, estaba harta de la lluvia. Tanta agua la ponía enferma.

Metió la cabeza debajo de la almohada. Ojalá se pusiera enferma de verdad. Estar enferma es lo mejor. Te quedas en casa, desayunas con refresco, comes pan tostado cortado en tiras, ves la tele en tu habitación. Te pasas el día leyendo las misteriosas historias de Inés Cereza, estudiante de enfermería. Y chupas ricas pastillas de cereza para la tos. ¡Eh! ¡A lo mejor Inés Cereza se llamaba así por las pastillas para la tos!

El caso es que Judy agarró el viejo libro de Inés Cereza de su madre y se metió una pastilla para la tos en la boca.

—¡Vamos, mueve el esqueleto! —dijo Stink llamando a la puerta.

—No puedo —protestó Judy—. Hay mucha lluvia.

—¿Qué?

—Olvídalo. Vete tú solo a la escuela.

—¡Mamá, Judy no quiere ir a la escuela! —gritó Stink.

La madre entró en la habitación.

—Judy, cariño, ¿qué te pasa?

—Estoy enferma... De lluvia —le susurró a su gata Mouse.

—¿Enferma? ¿De qué? ¿Qué te duele? —preguntó la madre.

—Lo primero, la cabeza. De todo ese ruido de la lluvia.

—¿Tienes dolor de cabeza?

—Sí. Y me duele la garganta. Y tengo fiebre. Y el cuello tieso.

—Eso es por dormir con el diccionario debajo de la almohada —dijo Stink—. Para sacar buena nota en el examen de ortografía.

—No es por eso.

—¡Sí es por eso!

Mira, mira. Tengo la lengua toda roja.
—Judy le enseñó a Stink la lengua, que
estaba toda teñida del color de las pastillas
de cereza para la tos.

La madre le puso a Judy la mano en la
frente.

—No parece que tengas fiebre.

—Es una mentirosa —protestó Stink.

—Vuelve dentro de cinco minutos —dijo
Judy—. Ya verás cómo tengo fiebre para
entonces.

—Mentirosa, mentirosa, mentirosa —
insistió Stink.

Si tuviera sarampión. O varicela. O...
¡PAPERAS! Las paperas te dan dolor de

cabeza. Las paperas te dejan el cuello tieso y te dan dolor de garganta. Las paperas te ponen las mejillas como Humpty Dumpty. Judy empujó la pastilla para la tos hacia una mejilla y luego infló la mejilla al estilo Humpty Dumpty.

—¡Paperas! —dictaminó la doctora Judy—. ¡Creo que tengo paperas! ¡De verdad!

—¿Paperas? —dudó Stink—. Imposible. Te pusieron una vacuna contra eso. Nos la pusieron a los dos. ¿Verdad que sí, mamá?

—Sí —contestó la madre—. Stink tiene razón.

—A lo mejor no hizo efecto.

—Me suena a que alguien no quiere ir hoy a la escuela —dijo la madre.

—¿Puedo? ¿Puedo quedarme en casa, mamá? Te prometo que voy a estar enferma. Todo el día.

—Vamos a ponerte el termómetro —dijo la madre mientras lo sacaba del estuche—. ¿Pelos de gato? ¿Qué hacen estos pelos de gato en el termómetro?

—He visto a Judy tratando de metérselo a Mouse en la boca para tomarle la temperatura —dijo Stink.

La madre meneó la cabeza y fue a limpiar el termómetro. Luego volvió y se lo puso a Judy.

—Tienes 37°. ¡Normal!

—Mentirosa, mentirosa, no estás enferma, eres una mentirosa de las más mentirosas —canturreó Stink.

—Menos mal que la temperatura es normal —contestó Judy—, ya que mi hermano no lo es.

—Más vale que se vistan rápido —advirtió la madre—, o llegarán tarde.

—Stink, eres un soplón detestable. Stink, el Soplón Detestable. A partir de ahora te voy a llamar así.

—Pero tendrás que llamarme así en la escuela, porque no te vas a quedar en casa.

Judy le sacó a Stink la lengua sin paperas de color rojo cereza.

Judy sintió que el ánimo se le escurrió aún más, hasta desparramarse por el suelo. La invadió un humor de perros. Una "depre Moody" de lunes... y sin paperas.

¡Ahora sí se sentía igual que Humpty Dumpty! No, peor aún: Humpty Dumpty sin fiebre.

Cráneos en acción

Cuando Judy entró en la clase de Tercero (¡con siete minutos de retraso!) aquel lunes sin paperas, se encontró con el aula llena de huesos.

El señor Todd había escrito en un tablón: NUESTRO FABULOSO CUERPO, DE LA CABEZA A LOS PIES. Había un póster grande que mostraba los huesos y sus larguísimos nombres científicos. En la pizarra había un cartel con los huesos de un roedor pegados con cinta adhesiva. Parecían los huesos de Peanut, el cobaya mascota de Tercero. Y... sentado frente al escritorio del señor Todd, ¡había un esqueleto fosforescente sosteniendo el lápiz del señor Todd! ¡La clase de Tercero se había convertido en un museo de huesos!

Los huesos no goteaban. Los huesos no hacían ruido. Los huesos no eran abu-rridos. Los huesos estaban secos y callados y eran muy, pero muy interesantes.

La cosa estaba mejorando para ser un lunes sin paperas. Judy le entregó al señor Todd el pase por haber llegado tarde.

—Perdón por el retraso —dijo—. Me levanté casi con paperas.

—Pues me alegro de que estés bien y hayas venido. Vamos a empezar una nueva unidad sobre el cuerpo humano, de la cabeza a los pies.

—Vamos a saltar la cuerda y a contar los latidos del corazón —dijo Jessica Finch.

—Y a jugar al Twister para estudiar los músculos —añadió Rocky.

—Y a cantar una canción sobre los huesos —dijo Alison S.

—¡No puedo creer que hayan empezado a estudiar el cuerpo humano sin mí! —exclamó Judy—. Es increíble todo lo que uno se puede perder en siete minutos.

—No te preocupes —dijo el señor Todd—. En un momento te pondrás al día.

El señor Todd les enseñó una divertida

canción que decía "El hueso del pie conecta con el hueso del tobillo..." y les leyó un libro titulado *El hombre de los hielos*, la historia verídica e increíble de un cuerpo momificado de hace cinco mil años.

Y los de Tercero apagaron la luz y utilizaron el esqueleto fosforescente, que se llamaba Bonita, para averiguar cuántos huesos tenemos. ¡Doscientos seis!

—Vamos a aprender muchas palabras nuevas en esta unidad. Los nombres científicos de los huesos y las partes del cuerpo se dicen en latín. Así que puede que les suenen algo raros.

—¿Como *maxilar*? —preguntó Judy mirando al póster.

—Significa *mandíbula* —dijo Jessica.

Jessica Finch ya conocía las palabras *microbio* (curioso término para llamar a los gérmenes) y *cráneo* (otra manera de decir cabeza).

—Tanta sabiduría me hace doler el cráneo —dijo Judy.

Frank Pearl soltó la carcajada.

El señor Todd les distribuyó unos egagrópilos de búho. Tenían que pincharlos con un lápiz para encontrar huesos. Huesos de roedor. Judy y Frank se quedaron mirando la bolita gris que les había tocado.

—¡Qué asco! ¡Vómito de búho! —exclamó Frank.

—Pues es interesante —dijo Judy—. Tiene huesos de verdad. Cráneos y eso.

—Pínchalo —sugirió Frank.

Judy lo pinchó con el lápiz Gruñón. Encontraron una mandíbula, una costilla y un hueso que el señor Todd llamó *fémur*. Pegaron los huesos en un papel y dibujaron el resto de los huesos para formar un esqueleto de roedor como el de la pizarra.

—¿Algún hueso de roedor se llama igual

que un hueso de los humanos? —preguntó el señor Todd.

Judy levantó la mano.

—La tibia —dijo en alto Jessica Finch.

—Muy bien —respondió el señor Todd.

—Eso iba a decir yo —dijo Judy.

¿Y quién se cree Jessica para contestar sin haber levantado la mano? ¡Es una "egagrópila" detestable!

—Ahora vamos a hablar del proyecto que harán sobre el Cuerpo Humano —continuó el señor Todd—. Tendrán dos semanas para hacerlo. Pueden elegir los huesos, los músculos, las articulaciones, el cerebro...

—¿Y las uñas de los pies? —preguntó Brad.

—Cualquier cosa que nos enseñe algo sobre el cuerpo humano. Vamos a empezar apuntando ideas en el cuaderno. Quiero que cada uno haga una lluvia de ideas.

Judy ya tenía un aguacero en el cráneo.

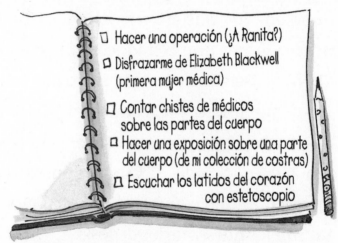

☐ Hacer una operación (¿A Ranita?)
☐ Disfrazarme de Elizabeth Blackwell (primera mujer médica)
☐ Contar chistes de médicos sobre las partes del cuerpo
☐ Hacer una exposición sobre una parte del cuerpo (de mi colección de costras)
☐ Escuchar los latidos del corazón con estetoscopio

Rocky quería hacer su proyecto sobre un cuerpo de hace tres mil años. ¡Momias!

—¿Sobre qué lo vas a hacer tú? —le preguntó Judy a Frank.

—Sobre clonación. Voy a ser un científico de novela o un novelista científico. Alguien que hace clones. Como en *Parque Jurásico*. Hacían un dinosaurio entero a partir de una gota de sangre de mosquito. También lo hacen en la vida real. Empiezan por una célula, como las de tu ADN, y hacen otro entero igualito a ti.

—¡Qué curioso! —exclamó Judy.

—Yo voy a escribir un diccionario —le dijo Jessica a Judy—. Con palabras del cuerpo humano como *apéndice* y *falanges*, que son los huesos de los dedos.

Jessica Finch tenía *microbios* en el *cráneo* si creía que podía reescribir el diccionario.

Judy volvió a mirar lo que había apuntado. Mordió la goma de borrar. Se mordió las uñas. Se mordió el pelo. De repente se le vino a la cabeza una idea huracanada... ¡Partes del cuerpo de verdad! Llamaría a la abuela Lou para ver si tenía partes del cuerpo para que ella pudiera enseñarlas en clase. Algo mejor que las costras. ¡Eso sí que era genial! Apuntó: "Llamar a la abuela Lou", para no olvidarlo.

El lápiz Gruñón recién afilado de Judy seguía volando cuando el señor Todd dijo que ya estaba bien de lluvia de ideas por ese día.

—¡Qué bien! Porque ya me duele el cerebro —dijo Frank.

—Voy a darles los papeles de autorización para una excursión.

¡Una excursión!

—¿A la Heladería Mimí? —preguntó Judy—. ¡Porfa, porfa, y yo me pido helado de chocolate!

—El padre de Max y Kelsey, de la otra clase, trabaja en el hospital. Así que estamos invitados a ir con su clase al Departamento de Urgencias del Hospital General del Condado. Allí aprenderemos mucho sobre el cuerpo humano y podremos ver en acción a gente entregada a su trabajo.

¡Urgencias! ¡Eso era mejor que la Heladería Mimí! ¡A Judy Moody se le cayó la *mandíbula!* Y el lápiz Gruñón.

—Estuve en ese hospital hace poco cuando me rompí el dedo —dijo Frank haciendo gestos con el meñique torcido—.

Hay un enfermero que se llama Ron.

—Yo fui cuando mi hermano se metió una pieza del Lego en la nariz —dijo Brad.

—¿Podemos ir a ver a los recién nacidos? —preguntó Frank—. Son muy arrugados.

—Vaya, me alegro de tener una clase tan entusiasta —bromeó el señor Todd.

—¿Cuándo vamos? ¿Qué día? ¿Cuándo? ¿Cuándo? —preguntaron todos.

—El lunes. Dentro de una semana. El doctor Nosier nos lo enseñará.

—¡El doctor Nosé! —dijo Rocky, y todos se partieron de risa.

Ella, Judy Moody, y los de Tercero iban a visitar el Departamento de Urgencias. El auténtico, el mismito. Todo lleno de sangre, tripas y partes del cuerpo de verdad.

Judy se agachó a recoger el lápiz Gruñón. Se le había roto la punta.

—¿Puedo sacarle punta al lápiz, señor Todd? —preguntó.

¿Te acuerdas de lo que dijimos sobre sacarle punta al lápiz diez veces al día?

—Pero señor Todd —protestó Judy—. Es una urgencia.

—¿Cómo?

—¡Una verdadera emergencia! Se le acaba de fracturar la columna vertebral —dijo Judy.

Fractura

Detectives de la salud

El lunes siguiente fue el mejor día en toda la vida de la clase de Tercero. En el almuerzo, Judy terminó en siete bocados el sándwich de mantequilla de cacahuate y mermelada, y luego salió disparada al patio. Los de Tercero tendrían un recreo de diez minutos antes de partir para el hospital.

La madre de Judy era una de las que iban como choferes y chaperonas, así que Rocky y Frank fueron en su coche. La madre hizo que Judy invitara también a Jessica.

—¿Sabían que *músculo* procede de una palabra que significa ratón? —preguntó Jessica—. Cuando mueves un músculo, parece un ratón —dijo mientras flexionaba el brazo.

Judy utilizó los cuarenta y tres músculos que se necesitan para hacerle mala cara a Jessica Finch.

❧   ❧   ❧

Cuando llegaron al hospital, el doctor Nosé llevó a Judy y a sus compañeros por un largo pasillo.

—¿Por qué lleva esa doctora un conejo? —preguntó Frank.

—¡En el hospital no se permiten animales! —dijo Jessica.

—Es un programa nuevo que se llama "Zarpas que curan" —les contó el doctor Nosier—. La gente les trae animales a los pacientes del hospital para ayudarlos a sentirse mejor. Abrazar y acariciar a un animal es una terapia que puede bajar la presión sanguínea de una persona y ayuda a un paciente a olvidarse de que está enfermo.

—¡Qué curioso! —exclamó Judy.

El doctor N. los llevó a una sala al fondo de Urgencias, donde los estaba esperando la otra clase de Tercero. Había montones de máquinas. Y muchas cosas con pinta de ser importantes.

—¿Qué es lo primero que se hace en una emergencia? —preguntó el doctor Nosier.

—¡Llamar al 911! —dijeron todos.

—¿Llamarían al 911 para averiguar cuánto se tarda en cocinar un pavo?

—Sólo si fueras el pavo —dijo Frank.

Judy y él se partieron de risa.

—¿Un crucigrama es una emergencia?

—Sólo para mi padre, que va contrarreloj —contestó Judy.

—Aunque no lo crean, hay gente que llama al 911 por cosas así. Pero vamos a hablar de emergencias de verdad, como un accidente de tráfico o un ataque al corazón. Aquí todo funciona muy rápido. En cuanto llega la ambulancia, los paramédicos, el personal formado para intervenir en las urgencias médicas, empieza a "dar el parte", es decir, a contarnos lo que ha sucedido. *Accidente en cadena* significa que el paciente tiene muchas lesiones. ¿Quién sabe lo que significa el *código azul?*

—¿Pérdida de sangre?

—¿Que toda la gente con bata azul tiene que ayudar?

—Significa que el corazón ha dejado de funcionar —dijo el doctor Nosier.

—¿Ustedes arreglan corazones cuando se paran? —preguntó Alison S.

—¡Deben de atender a montones de personas! —exclamó Érica.

—Todos los médicos hacen la promesa de atender a toda la gente. Se llama el juramento hipocrático. Por Hipócrates, el padre de la Medicina. En la antigüedad, un médico tenía que jurar por Apolo e Hygeia atender a la gente lo mejor posible. Si no sabías lo que le pasaba a un paciente, tenías que decir "no lo sé". El juramento antiguo ahora nos suena raro, por eso lo ha reescrito un médico llamado Louis Lasagna.

—¿Louis *Lasagna*? ¿Inventó también la pizza? —preguntó Frank.

El doctor Nosé se rió.

—¿Cómo saben qué es lo que tienen que hacer? —preguntó Rocky.

—Ser médico es como ser detective. Sigues todas las pistas y procuras resolver el misterio. En Urgencias lo hacemos a toda prisa. Imagínense que cada uno de nosotros es un rompecabezas gigante. Mi trabajo consiste en descubrir las piezas que faltan y recomponer el rompecabezas.

—¡Qué curioso! —susurró Judy.

—Soy la mejor armando rompecabezas —presumió Jessica Finch—. ¡Armé uno del Big Ben con quinientas piezas yo sola!

A veces Judy preferiría que Jessica Finch cerrara la *mandíbula*.

—Ahora voy a enseñarles para qué son algunos de estos aparatos —dijo el doctor.

¡La doctora Judy pudo ponerse un estetoscopio para escuchar sus propios latidos! ¡*Ba-bum, ba-bum*! Luego le tomó la presión sanguínea (de verdad) a Frank, le miró las amígdalas a Jessica Finch y vio el interior de un ojo con un visor especial. Se turnaron para montarse en un carrito, caminar con muletas y sentarse en una silla de ruedas.

El doctor N. apagó la luz y les enseñó unas radiografías. Vieron un cerebro (una imagen muy fantasmagórica), un perro atropellado por un auto (todo aplastado) y hasta un violín (¡parecía muerto!).

—Las radiografías, que son fotos que se toman con rayos X, ayudan a resolver el misterio —dijo el médico.

Vieron incluso un corazón vivito y coleando en una tele.

—¡Esto es mejor que los programas de operaciones que muestran en la tele! —exclamó Judy.

Y practicaron con unos maniquíes de tamaño natural que se llamaban Harry Cabezaherida y Tammy Trauma.

—Yo también tengo una muñeca para practicar —intervino Judy—. Con tres cabezas. Se llama Sara Secura. Hago de doctora, como Elizabeth Blackwell.

—¿Te gustaría hacer de paciente con un brazo roto? —preguntó el doctor N—. Así les enseñaré a todos cómo se pone un yeso.

Judy Moody no daba crédito a su oído interno, medio ni externo.

—¿Me dejas, mamá?

—Claro, si tú quieres.

—Levanta el brazo, Judy Moody, la primera niña médica—le dijo el doctor N.

Judy sonrió con los diecisiete músculos necesarios para sonreír. Sostuvo el brazo en alto como si fuera el brazo de palo de un muñeco de nieve. El doctor N. lo envolvió con algodón.

—Voy a emplear un vendaje especial de yeso que se endurece al secarse, de manera que Judy no podrá mover el brazo. Así, el hueso permanecerá en su sitio y se soldará.

—¿Mi *radio* o mi *cúbito*? —preguntó Judy.

—¡Veo que te sabes los nombres de los huesos! ¿Puedes mover las *falanges*?

Judy movió los dedos. Todos se rieron.

—¡Un brazo que no está roto enyesado es mejor que uno roto enyesado! Ojalá no tuviera que quitarme el yeso nunca.

—Escucha una cosa —le dijo el doctor Nosier—. Si a tu madre le parece bien, puedes llevártelo puesto a casa. Le enseñaré cómo quitártelo.

—¿Me dejas, mamá? ¿Me dejas? ¡Puedo tomarle el pelo a Stink! ¡Porfa, porfa, porfita con curita!

—No veo por qué no —contestó su madre—. ¡Por supuesto!

—¡Qué curioso! —dijo Judy.

Ella, Judy Moody, era un misterio. Un rompecabezas humano con el brazo no-roto.

Judy estaba tan contenta al salir del Hospital que sonreía hasta con las cejas. Se quedó mirando las firmas sobre su yeso. Había firmado hasta el doctor Nosé. Su firma era un garabato pero, qué importa, ¡era la firma de un médico de verdad! Judy se moría de ganas de llegar a casa para enseñarle el yeso a su padre. A lo mejor hasta se libraba de poner la mesa por lo del brazo no-roto. ¡Y espera a que la vea Stink!

Cuando Judy volvió a casa, Stink estaba esperando en la puerta. Judy levantó el brazo enyesado.

—¿Te has roto el brazo? —preguntó Stink—. ¡Qué bien!

Un millón de dólares

¡Ella, Judy Moody, tenía ganas de operar! Tan pronto se quitó el yeso, Judy le propuso a Stink que jugaran a Operando, un juego en el que quitas partes del cuerpo con unas pinzas procurando que no suene un timbre.

La doctora Judy efectuó una operación delicada para quitar unas mariposas del estómago del paciente. Luego le quitó el corazón roto. Stink hizo sonar el timbre.

¡Buzzz!

—¡Eh, se le puso roja la luz de la nariz! —exclamó—. ¡Como a Rudolph, el reno de la nariz roja!

—¡Lo hiciste a propósito, Stink! —le reclamó Judy.

—¡No es verdad!

Stink intentó hacer su "operación" de nuevo. *¡Buzz! ¡Buzz! ¡Buzz!*

—Dame las pinzas, Stink. Cuando suena el timbre, me toca a mí.

—Vamos a jugar a otra cosa —propuso Stink.

—Ya sé —dijo Judy—. Puedes ayudarme a hacer mi proyecto sobre el cuerpo humano.

—Eso no es jugar. Eso es hacer tarea.

—Pero es una tarea muy divertida —dijo

Judy—. Voy a hacer una operación con sutura de verdad y todo eso —Judy sacó el maletín de médico—. Sólo me falta alguien a quien operar.

—A mí no vas a operarme. Ya lo sabes. Ni cabestrillos ni parches ni nada de eso.

—¿Me dejas que te tome la presión?

—Bueno, eso sí.

Judy puso un brazalete alrededor del brazo de Stink y lo infló.

—Me temo que tienes la presión alta, Stink—dijo Judy—. El corazón te late súper deprisa.

—¡Eso es porque tengo miedo de que me hagas algo!

—Tengo una mejor idea —Judy se dirigió al acuario de Ranita—. ¡Operación Ranita!

Stink, tú la sujetas y yo hago la incisión.

—¿La qué?

—El corte. ¿Entiendes? Es una o-pe-ra-ción.

—¡Estás loca! —exclamó Stink—. No puedes abrir a Ranita.

—Luego la vuelvo a coser. ¿Sí? Es apenas un cortecito chiquitín.

—¡No, no! ¡Dámela!

—Es la única manera de ver a un anfibio por dentro. Reconócelo, Stink. Quieres ver tripas de anfibio.

—Pero no las tripas de *este* anfibio — Stink corrió a su mesa y rebuscó en el cajón de arriba—. Sacó una tarjeta que decía SOCIEDAD PROTECTORA DE ANIMALES — SALVANDO VIDAS DESDE 1824—. ¡Estás

detenida! —le dijo Stink a Judy poniéndole
la tarjeta en la cara—. Es ilegal maltratar o
herir a los animales. Siempre. Tenemos que

respetarlos y tratarlos bien. Se supone que no debes ni siquiera dejar que tu perro tome agua del inodoro.

—No tengo perro. ¡Y Mouse no toma agua del inodoro!

—Qué bueno. Si no, irías a la cárcel.

—Sólo iba a practicar con Ranita. ¡No a ponerla en el inodoro!

—Está prohibido hacer pruebas con animales. Se supone que puedes hacerlas con frijoles. O calabazas. La gente que fabrica jabón o champú o ropa interior siempre está haciendo pruebas con animales y los animales sufren heridas o incluso mueren.

—Stink, nadie les pone ropa interior a los animales.

—Claro que sí. Es verdad. Me pone triste y furioso que la gente les haga cosas a los animales. Me pone tan triste y tan furioso que me pongo... ¡furitriste!

—De acuerdo, de acuerdo. No te pongas furitriste. Te prometo que no le echaré champú a Ranita ni le pondré ropa interior ni nada de eso. Sólo quería tener algo bueno de verdad para mostrar en clase. Algo que nadie hubiera visto nunca. Algo *humano*.

—¿Cómo qué?

—Como el cerebro de Einstein. Un pelo de la barba de Abraham Lincoln. O la piedra del riñón de la abuela Lou, si la hubiera guardado.

—Pon un frijol en un frasco y di que es el cerebro de Einstein. Puedes decir que es una leguminosa humana. ¿Qué te parece?

— Jaa, jaa, jaaa. Vaya chiste, Stink.

—Tengo algunos dientes de leche. Los dientes son humanos.

—Todo el mundo ha visto dientes de leche, Stink.

—Tengo una gran colección de uñas de los pies.

—Suena aburrido.

—¡Espera! Claro que tengo una parte del cuerpo.

—¿Cuál? ¿Cuál es? ¿Me la prestas?

—No, no. No te la voy a enseñar, por que me la quitas.

—¿Es un dedo? ¿O una oreja?

—¡NO!

—¿Un hueso?

—No, no.

—¿Piel? ¿De cuando te pelas porque te ha quemado el sol?

—No, no.

—¿Una caries? Ya sabes, las de las muelas.

—No, no.

—Por favor, Stinker, TIENES que enseñármela.

—De acuerdo, pero tienes que prometerme que no se lo vas a ENSEÑAR ni se lo vas a CONTAR a nadie y que no te lo vas a llevar a la escuela, ¿de acuerdo?

—Te lo prometo solemnemente —dijo Judy.

Stink fue a su armario. Sacó una caja vieja de un estante. Una caja con sus cosas de cuando era bebé.

—Deprisa. ¡No puedo aguantar la curiosidad! —exclamó Judy.

Stink abrió la caja y sacó un frasco de comida para bebés. Dentro tenía algo. Algo parecido a un gusano muerto, encogido y arrugado.

—¡Puaf! ¿Qué es eso? ¿Un gusano petrificado? ¿O un fósil de un espagueti quemado?

—No, Einstein. ¡Es mi cordón umbilical!

—¿Tu cordón umbilical?

—Ya sabes, esa cosa que se te cae del ombligo cuando naces.

—¿De verdad, de verdad?

—Sí, de verdad. Cuando mamá me trajo a casa del hospital...

—¡Pero si naciste en un *jeep*!

—¡Como sea! Tú me entiendes, ¿no? Cuando vine a casa tenía una cosa en el ombligo. Hay que esperar a que se caiga. Mamá dice que tú querías guardarla.

—¿Yo? ¡Entonces es mía!

—¡NO! Es una parte de MI cuerpo. Antes lo tenía salido. Ahora lo tengo metido —Stink se levantó la camisa para mostrar su ombligo—. ¿Lo ves?

—¡Qué curioso! —dijo Judy—. ¡Qué ganas tengo de que mis compañeros... —Stink le echó una mirada horrible y terrible— ...no se enteren de esto. Nunca.

Stink dejó el frasco con el viejo gusano-fósil-espagueti del cordón umbilical encima de la mesa.

—¿Sabes qué es lo mejor de este cordón umbilical?

—¿Qué?

—¡Que tú no tienes uno! —dijo Stink con una risa tonta—. Pero si me das un millón de dólares, te lo dejo llevar a la escuela.

—¿Qué tal cinco dólares?

—¡Un millón de dólares o no tocas mi cordón umbilical en tu vida! —exclamó Stink.

Mucus Dermis

Miércoles. El miércoles era el día de llevar cosas curiosas a la clase. Para Judy iba a ser el mejor proyecto de su vida. Se moría de ganas por enseñarle a todos el cordón umbilical de Stink, y no podía esperar dos semanas hasta que llegara el día de presentar su proyecto sobre el cuerpo humano. Ella, Judy Moody, mostraría en clase el cordón umbilical de Stink HOY, y daría una magnífica presentación acerca del tema. No tenía más que robarlo.

Judy esperó a que Stink bajara a desayunar. Fue de puntillas a su habitación, sacó la caja de cosas de cuando era bebé, agarró el frasco con el cordón umbilical y lo escondió en el bolsillo secreto de su mochila.

◈   ◈   ◈

En cuanto sonó el timbre, el señor Todd les pidió a todos que se sentaran en círculo. Ese día le tocaba también a Rocky exponer su proyecto. Y a Jessica Finch. Jessica decía que había traído algo especial. ¡Pero Judy sabía que su cordón umbilical iba a ser lo más especial!

Primero habló Rocky. Había traído una pieza de Lego. Judy creía que una pieza de Lego era un rollo aburrido hasta que Rocky hizo un experimento con ella. La puso en un plato y le echó algo por encima. La pieza de Lego se puso negra como el carbón por todos los gérmenes que tenía encima.

—¡Puaf! —exclamó Jessica Finch—. ¡Gérmenes!

Los gérmenes le ponían los pelos de punta.

—Hay un hongo entre nosotros —dijo Frank.

—Yo he tenido piojos —intervino Brad—. ¡En el pelo!

—¡Yo también! —exclamó Alison S.

—¡Agg! —dijo Dylan apartándose del círculo.

—Siempre llevamos con nosotros millones de bacterias —explicó Rocky—. En la cabeza, dentro de la nariz, entre los dedos de los pies.

—Es cierto —insistió el señor Todd—. Cada uno de nosotros es todo un eco-sistema. Llevamos dentro millones de criaturas tan pequeñas que no se ven.

—¿Cómo si fuéramos un bosque tropical humano? —preguntó Judy.

—Exacto —dijo el señor Todd—. ¿Entienden ahora por qué les insisto siempre en que se laven las manos?

—Tengo algo que no son gérmenes —intervino Jessica—. Mi cobaya Chester en

realidad era hembra y ha tenido hijitos —
Jessica les mostró una foto—. Se llaman
Nuez Moscada, Jazmín, Coco y Canela.
¡Las Spice Girls!

—¡Ahhh! —dijeron todos—. ¡Qué bonitos!

Judy echó un vistazo. No veía más que
bolas de pelo. ¡Los cordones umbilicales
eran más científicos que las bolas de pelo!

—¿Has traído algo para enseñar, Judy? —preguntó el señor Todd.

—Sí —dijo Judy sacando de la mochila el frasco de comida para bebés—. Verán, cuando uno es bebé y sale por primera vez hay una cosa pegada al ombligo. Luego se cae y tus padres saben si eres de los de ombligo salido o de los de ombligo metido.

—¡Yo soy de ombligo metido!— saltó Frank.

—¡OH! ¡El mío está bien salido! —exclamó Brad enseñando el ombligo.

—¡Cálmense, todos! No se quiten la camiseta —dijo el señor Todd—. Dejen a Judy terminar.

—En este frasco tengo un auténtico cordón umbilical vivo. De verdad. Se llama

Mucus Dermis. Viene del latín. *Dermis* significa pellejo y *mucus* significa asqueroso. Pellejo asqueroso.

—¿De dónde lo sacaste? —preguntó Rocky.

—La verdad es que es de mi hermano, Stink Moody.

—¡Qué asco! —exclamó Jessica Finch retorciéndose como un gusano.

—¡Déjame ver! —saltó Frank Pearl.

Judy le pasó el cordón umbilical a Frank. Todos se acercaron a mirar.

—Quédese cada uno en su sitio, que Judy irá pasando —dijo el señor Todd.

—Esto es del ombligo —aclaró Judy—. Todos lo tenemos, pero no hay dos iguales. Como los copos de nieve. A veces el ombligo se llena de pelusa y por eso en Japón tienen limpiaombligos. Me lo contó mi papá. ¡De verdad!

—Gracias, Judy —dijo el señor Todd—. Creo que todos hemos aprendido más de lo que podíamos imaginar sobre el ombligo.

—Los ombligos son mejores que los huesos —intervino Rocky.

—¡Y que los piojos! —dijo Frank.

—¡Y que las bolas de pelo! —añadió Judy.

—¿Sabe tu hermano que trajiste a la escuela su cordón umbilical? —preguntó Jessica.

El señor Huesos Secos

Cuando terminó la clase, Judy fue a dejar la mochila en su casillero del pasillo. Allí estaba Stink, pegado a la puerta de la clase, escuchando.

—Dámelo —dijo Stink con la mano extendida.

—¿Que te dé qué?

—Sé que lo tienes. He venido a decirte... ¡que te vi! Ya me enteré... Me lo robaste, ¿verdad? ¡¡Le has enseñado al MUNDO

ENTERO mi cordón umbilical!!

—Qué va. Sólo a la mitad de Tercero.

—Me debes un millón de dólares.

—Stink, luego nos peleamos. Vuelve a tu clase de Segundo.

—No puedo. Estoy enfermo. Me duele la garganta. Creo que tengo paperas.

—¿Paperas de cuento?

—No. De verdad.

Stink estiró el cuello con dificultad.

—¿Te duele la *laringe* o la *faringe*? —preguntó Judy.

—¿Eh?

—Ve a la enfermería —dijo Judy.

—Me da miedo.

—¿De qué? ¿De la señora Bell?

—No.

—¿De que te pinchen?

—No.

—¿De perderte?

—No.

—¿De las paperas de verdad? ¿De las pastillas? ¿De vomitar?

—No. No. ¡Que no!

—Entonces, ¿de qué tienes miedo?

—¡Del esqueleto! El de la enfermería.

—¡Stink! ¡Pero si no es de verdad!

Stink puso cara de echarse a llorar.

—Una señora me dijo que esperara a que volviera la señora Bell y me quedé allí solo. Con *él*.

—Yo te acompaño si me prometes perdonarme por lo del cordón umbilical.

Judy pidió una autorización al señor

Todd y se fue con Stink por el pasillo hasta la enfermería. Stink señaló el esqueleto que estaba en el rincón.

—Haz como si no estuviera ahí, Stink. Siéntate en la camilla. Yo seré la doctora mientras viene la señora Bell. A ver, ¿cuál es el problema?

—Esta mañana, al levantarme, me dio hipo y se me movía un diente. Ahora me duele la garganta.

Judy tomó una linterna de la mesa y alumbró a Stink en los ojos.

—¡Eh, ahora me duelen también los ojos!

—¿Te duele la cara?

—No, no.

—¡Esto es muy divertido! —Judy soltó una carcajada—. Vamos a verte la garganta —alumbró la garganta—. Di "aaahhh".

—¡Glub! —dijo Stink.

—"Glub", no; "¡aaahhh!" Otra vez.

—¡Slug!

—Olvídalo —dijo Judy.

—¿Qué tengo?

—Pues NO tienes ningún problema en la garganta. Sólo un "glub" y un "slug".

Judy ladeó la cabeza pensativa. Miró a Stink de arriba abajo.

—¿Qué pasa, a ti también te duele el cuello? —preguntó Stink.

—Tú sí que eres como un dolor de cuello —dijo Judy soltando una carcajada—. ¡Espera un poco! ¡Stink! ¡Ya sé! ¡Ya sé qué es lo que tienes!

—¿Qué? —preguntó Stink.

—¡Esquele-titis! —soltó Judy—. Es la enfermedad del miedo a los esqueletos. Les da sólo a los de Segundo que tienen "glubs" y "slugs" en la garganta.

—No lo puedo evitar. Me mira fijamente... ¡con esos ojos! Peor que el ojo de la pirámide de los billetes de un dólar.

—Stink, los esqueletos no tienen ojos.

—¡Ya lo sé! Sólo unos agujeros grandes y horribles como las personas muertas. Y hacen *clac-clac-clac*.

Judy agarró el esqueleto.

—"¡Hola! ¡Soy el señor Huesos Secos!" —Judy hizo chocar las mandíbulas del esqueleto—. "Puedes llamarme Jorgito." ¿Lo ves? Te enseña los huesos y todo.

Judy hizo que el esqueleto saludara a Stink.

Stink no le devolvió el saludo.

—Me estás poniendo la carne de gallina. Ponlo donde estaba antes de que nos metamos en problemas.

—Espera a que haga unos cuantos chistes. Mira, voy a practicar unos chistes que estoy aprendiendo para el proyecto del cuerpo humano. ¿Le gustan los chistes, verdad señor Huesos Secos? —le dijo Judy al esqueleto—. ¡Le hacen cosquillas en el *hueso de la risa*!

Stink soltó una carcajada.

—¿En dónde le sirven la comida a un esqueleto?

—Ummm...

—¡En el *omo-plato*!

Stink no paraba de reír.

—¿Qué es lo que no le echan los esqueletos al cocido?

—¿Qué?

—¡Carne! Y escucha éste: ¿cuál es el hueso más ruidoso del cuerpo humano?

—No sé.

—El *radio*.

—¿Cuál es el hueso que nunca tiene ni frío ni calor?

—Déjame pensar...

—¡La *tibia*!

—¡Je, je, qué chistoso!

—¿Y en qué huesos no deberías confiar jamás?

—Ummm...

79

—¡En las *falsas costillas*!

Stink no paraba de reír. Parecía como si se le hubiera olvidado el dolor de garganta, y también su *esqueletitis*.

—Tampoco se puede confiar en el *temporal* —dijo la señora Bell poniendo el bolso encima de la mesa.

—¿Por qué?

—¡Bueno, porque el muy cómodo todavía sigue ahí!

—¡Muy bueno! —exclamó Stink.

Se estaba partiendo de la risa.

—Veo que ya conoces a Jorgito —dijo la señora Bell—. Esta mañana tuve que ir a otra escuela, pero dejé mi esqueleto aquí en mi lugar...

—¡Eh, ése es bueno! —dijo Judy—. Yo le

estaba haciendo compañía a Stink hasta que usted llegara.

—Al señor Huesos Secos le encanta montar un "húmero" cuando hay visitantes —dijo la señora Bell soltando la carcajada—. Quiero decir un número, el *húmero* es este hueso largo del brazo.

—¡Qué chistoso! ¡Ése me lo apunto! —dijo Judy.

—Ah, ya entendí —dijo Stink riéndose también.

—¿Lo ves, Stink? Te dije que no había de qué tener miedo.

—No te preocupes —le dijo la señora Bell a Stink—. A mucha gente le asustan los esqueletos. ¿Sabías que hasta los elefantes les tienen miedo?

—¿Sí? —preguntó Stink.

—Sí. Pero la verdad es que el esqueleto es muy interesante. Al nacer tenemos más de trescientos huesos y cuando crecemos tenemos...

—¡Doscientos seis nada más! — exclamó Judy—. Lo aprendí en la clase del señor Todd.

—¿Cómo perdemos tantos huesos? — preguntó Stink.

—Algunos se unen —explicó la señora Bell— para sostenernos y hacernos fuertes. Si no, seríamos como las medusas. Las medusas no tienen huesos.

Judy caminó desgonzada, imitando a una medusa.

—¿Ves, Stink? ¿No te alegras de no ser una medusa?

—¡No, porque así podría picarte!

—Entonces, dime, ¿cuál es tu problema, jovencito? —le preguntó la señora Bell a Stink.

—Me duele el estómago.

—¿Te duele el estómago? —le preguntó Judy—. Creía que te dolía la garganta.

—Sí, pero ahora también me duele el estómago de tanto reírme.

—Me figuro que tu hermana ha estado dándole *a la sin hueso.*

—¡No le dé más ideas! —dijo Stink.

—Vamos a echarle un vistazo a esa garganta —dijo la señora Bell—. Di "aaahhh".

—¡AAAHHH!

—¡Eh! Ahora no dices "glub" ni "slug" —protestó Judy.

—Vaya —dijo la señora Bell—, estás mal, tienes razón.

—¿De verdad? —preguntó Judy—. ¿Puedo verlo?

—Tiene la garganta más roja que un camión de bomberos —la señora Bell le tomó a Stink la temperatura con un termómetro sin pelos de gato—. Y tiene fiebre: 37.7°.

—¡Qué afortunado eres, Stink! —exclamó Judy.

¡Absolutamente delicioso!

¡No era justo! Stink tenía que ir al médico de verdad. Judy convenció a su madre de que la llevara a ella también para poder aprender cosas.

La doctora McCaries le miró los ojos y los oídos a Stink, y luego usó un abatelenguas morado para examinarle la garganta. Explicó que las amígdalas son dos bolas rosadas del tamaño de una uva que están en la parte de atrás de la garganta. Las amígdalas pueden infectarse y, cuando esto pasa, se llenan de manchas blancas que se inflaman y duelen. Se dice, entonces, que el paciente tiene amigdalitis, o anginas.

La doctora McCaries le dijo a la señora Moody que le diera a Stink unas medicinas especiales y que lo hiciera dormir mucho. A Stink le recomendó que tomara refresco de jengibre y siguiera la dieta PLATÓN.

—¡Pero si se come siempre un platón enorme de comida desde que nació! —exclamó Judy.

La doctora McCaries se rió.

—PLATÓN en este caso quiere decir PLátano, Arroz, pan TOstado y Nueces.

También le ordenó que se quedara en casa sin ir a la escuela hasta que le bajara la fiebre y que se mantuviera lejos de Judy. ¡Esto último lo dijo de verdad!

—Piénsalo —le dijo Judy a Stink—. Si tienes anginas, tienes que ir a operarte al hospital y te ponen una pulsera con tu nombre y una piyama muy graciosa y te pasas el día comiendo helados.

—Pues esperemos no llegar a eso —dijo la madre—. Serían demasiados helados.

—No nos gusta quitar las amígdalas si están bien —dijo la doctora.

—Pero usted dijo que eran como uvas —insistió Judy—. ¡A lo mejor tiene uvitis!

—Son como uvas —aclaró la doctora McCaries—, pero no son uvas. Si se cuida las amígdalas no tendrá nunca "uvitis" —dijo riéndose otra vez.

—¡Usted debería haber sido dentista! —Judy soltó la carcajada.

—¿Te gustan los chistes? ¿Qué le dice el médico a un paciente con anginas?

—¿Qué?

—¡Qué mal trago! —bromeó la doctora McCaries.

❧   ❧   ❧

¡No era justo, en absoluto! Stink tenía que quedarse en casa sin ir a la escuela (de verdad), tomar refresco de jengibre (para desayunar) y pasarse el día comiendo pan tostado con plátano machacado (la dieta del platón). Y, encima, viendo tele en su habitación —¡aunque la doctora McCaries no había dicho nada de ver la tele!

Judy no se apartó ni un momento de Stink. Le tomó la temperatura (muy alta) y le hizo una pulsera de hospital con su nombre (Stinker). Lo dejó usar su popote loco para tomar el refresco de jengibre. Le leyó los cómics del doctor Rex Morgan y los misterios de Inés Cereza, estudiante de enfermería.

También le escribió una receta en su libreta de médico.

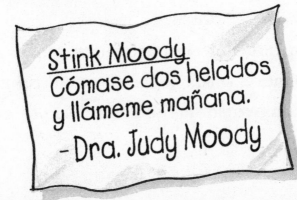

Stink Moody
Cómase dos helados
y llámeme mañana.
– Dra. Judy Moody

Incluso hizo el juramento "Hipopotá-mico" de portarse bien con Stink. Pero bien, bien. Médicamente bien.

—Stink —dijo Judy muy solemnemente levantando la mano derecha—, juro por Neopolo e Higiene y Larry Lasagna que haré todo lo que pueda, al máximo de mis posibilidades, para ayudar a que te mejores. Toma, acaricia un rato a Mouse.

Y tiró a Mouse encima del estómago de Stink.

—¡Oh! —exclamó Stink—. ¡Me está arañando!

Mouse saltó al suelo.

Judy volvió a agarrar a Mouse.

—Stink, tienes que hacerle veinte caricias. Es una terapia que se llama "Zarpas que curan". Te bajará la presión. Hazme caso.

—¿Estás segura de que no se llama "Zarpas que arañan"?

—Stink. Por lo menos, inténtalo.

Judy volvió a tirarle la gata. Mouse saltó a la cama y volcó el vaso de refresco de jengibre.

—¡Aah! ¡El refresco de jengibre! ¡Me lo echó encima! —gritó Stink.

Judy le dio una toalla. Y otro refresco de jengibre. Y un popote loco limpio. Le puso una manta seca. Luego le llevó a Baxter y Ebert, su pingüino de peluche y su lobo de madera.

❧   ❧   ❧

Durante cuatro días, Judy le dio de comer a Ranita. Durante cuatro días, le llevó a

Stink las tareas de la escuela. Durante cuatro días, vio con Stink sus programas favoritos —aunque ella hubiera preferido poner el Canal de Operaciones.

Fue entonces cuando lo vio. En un comercial de televisión no recetado por la doctora McCaries... La única cura segura para Stink.

"¿Estás siempre cansado?"

Sí. ¡Stink estaba dormido!

"¿Estás enfermo? ¿Quieres estar sano? ¿Vivir más?"

—Sí, sí ¡SÍ! —le respondió Judy a la tele.

"Tenemos un secreto para ti. ¡CIRUELAS PASAS!" —dijo la señora de la tele.

—¿CIRUELAS PASAS? —exclamó Judy con asco—. ¡PUAF!

"Muérdelas, mastícalas, no las rechaces —decía la señora—. ¡CIRUELAS PASAS DE CALIFORNIA! La súper golosina llena de energía. ¡Absolutamente deliciosa! ¿Vas a escalar hoy el Everest? Llévate unas CIRUELAS PASAS."

Judy no creía que Stink fuese a subir pronto al Everest. Apenas podía subir a la cama. Pero valía la pena probar. Bastaba con convencer a Stink de que se comiera una ciruela pasa.

Judy bajó de puntillas y buscó en todos los armarios de la cocina. Bolsitas de té, mantequilla de cacahuate, papitas, galletitas... tenían que estar por allí. Judy arrimó una silla para llegar a los armarios más altos. ¡Ajá! ¡Una bolsa brillante!

¡¿Salsa?!

Con salsa no puedes escalar el Everest. La salsa no cura las anginas. La salsa no sirve para vivir más.

De pronto, vio un sol amarillo brillante en una bolsa morada y rosa. ¡Por fin! Judy contempló dos bolas arrugadas. Las ciruelas pasas son asquerosas. Pegajosas. Son arrugadas como los elefantes y parecen excrementos de búfalo de hace ciento cincuenta años. Cordones umbilicales resecos de hace doscientos años. Anginas de hace doscientos cincuenta años. ¿Porqué hay que comer cosas malas para que pasen cosas buenas?

Según Judy Moody, el mundo funcionaba al revés.

La doctora Judy Moody volvió a la habitación de Stink.

—¡Stink! ¡Despierta! —gritó Judy.

—¿Qué...?

—¡Tengo el remedio para ti! Lo tengo en la mano. Se acabó la fiebre. Se acabaron las anginas de uva.

Judy extendió la mano. Le enseñó a Stink las ciruelas pasas.

—¿Qué? ¿Qué es eso? —preguntó Stink.

—Ciruelas pasas. El secreto para no enfermarse. El secreto para escalar el Everest.

—Parecen piedras lunares. O ciruelas petrificadas.

—Se parecen a los egagrópilos de búho que vimos en Ciencias...

—¿¡Egagrópilos de búho!? Pero si eso son bolas de pelo. ¡Son vómitos!

—Las ciruelas pasas son simplemente ciruelas secas, Stink —dijo Judy—. Vamos. Un mordisco.

—Olvídalo, Ciruela de Vil. No me voy a comer una bola de pelo. No me voy a comer un vómito.

—¿No quieres vivir más? ¿No quieres volver a tener las anginas pequeñitas?

—De acuerdo. Entonces ayúdame. Dime cosas buenas de las ciruelas —dijo Stink.

Judy olió una ciruela.

—No huelen a excremento de búfalo.

—¿Eso es lo mejor que se te ocurre?

—No tienen pelo.

—Que no tengan pelo está bien —dijo
Stink.

Ya lo sé —dijo Judy—. Cierra los ojos.
Cuando cuente tres, LOS DOS nos come-
mos una ciruela al mismo tiempo.

—Uno...

Stink cerró los ojos con fuerza.

—Dos...

Judy echó su ciruela a la papelera.

—Y tres...

Stink se metió su ciruela en la boca.

—¡Puaf! —exclamó Stink.

Pzzz. Stink escupió la ciruela. Ésta salió volando y terminó en el suelo convertida en una bola de polvo.

—¡La chupé! ¡Me tocó las papilas gustativas!

—Se suponía que tenía un sabor ABSOLUTAMENTE DELICIOSO. Eso dijo la señora de la tele —le contó Judy.

—Pues sabe absolutamente asqueroso —dijo Stink—. ¡Me engañaste!

—Sólo quería ayudarte a que te sintieras mejor —se disculpó Judy—. Pero soy una mala doctora y *nunca* te vas a mejorar.

—Me siento mejor sabiendo que no me voy a comer esa ciruela.

—¿Es que no te das cuenta, Stink? Ésa era la última ciruela. Ahora está llena de pelo de gato y de babas. ¿Qué vamos a hacer? Está...

Antes de que Judy pudiera decir "absolutamente polvorienta", Mouse se lanzó sobre la ciruela escupida y peluda.

—¡No! ¡Mouse! ¡Espera! —gritó Judy.

Demasiado tarde. ¡Glup! Mouse la masticó y se la tragó. La bola de pelo, el escupitajo y todo. Judy y Stink no podían de la risa.

La gata se relamió zarpas, cara y bigotes.

—Mouse —dijo Judy levantando a la gata—, vas a tener una vida muy larga.

—*Nueve* vidas muy largas —aclaró Stink.

Doctora en Medicina

¡Tocaba hacer de doctora! Ese día Judy tenía que hacer de Elizabeth Blackwell, la primera mujer médica, y efectuar una operación DE VERDAD delante de toda la clase. Una operación era la mejor ocurrencia de su lista. El mejor proyecto sobre el cuerpo humano de todos los tiempos. Mejor incluso que jugar a los médicos con Stink.

El paciente era especial. El paciente tenía la piel verde y no le llevaba la contraria. Este paciente no acaparaba la tele, ni se bebía todo el refresco de jengibre ni escupía saludables ciruelas pasas.

El paciente era perfecto. Se moría de ganas de operarlo.

Primero se dio otra ducha.

Stink tocó a la puerta del baño.

Toc, toc.

—¿Quién es?

—Stink, sin el cordón umbilical.

No hubo respuesta.

—¡Mamá! Judy no me deja entrar al baño y ayer ya se bañó como un millón de veces —Stink golpeó la puerta—. ¡Apúrate! ¡Necesito entrar!

Judy salió con una toalla en la cabeza y con los pies y las manos arrugados.

—Me gustabas más cuando estabas enfermo —dijo Judy.

—Pues tú me gustabas más cuando no parecías una ciruela escupida —dijo Stink.

—Los médicos tienen que ser muy, pero que muy limpios, Stink. ¡Elizabeth Blackwell se duchaba tres veces al día!

—Elizabeth Blackwell no dejaba el suelo encharcado.

—Jaa, jaa, jaaa.

"El hueso de la cadera conecta con el hueso de la pierna" —cantaba Judy mientras se vestía. Ese día iba a ser el Día del Cuerpo Humano más impresionante, de la cabeza a los pies.

En la escuela, Judy sintió un hormigueo constante en clase de Lenguaje y un gusanito en las *rótulas*—rodillas en Matemáticas. Hasta que por fin llegó Ciencias. El señor Todd pronunció las palabras mágicas:

—A ver, los proyectos sobre el Cuerpo Humano. ¿Por qué no empiezas tú, Rocky?

Rocky se envolvió en papel higiénico igual que una momia y contó que comer momias era bueno para el estómago. De verdad. Los médicos de la antigüedad creían que las momias podían curar cosas como el dolor de estómago. Así que molían las momias con huesos y todo y las utilizaban como medicina.

—¡Qué asco! —dijeron casi todos.

—Fascinante —dijo Judy.

Jessica escribió *medipalabras* en la pizarra. Palabras como *inteliniña* (una niña verdaderamente inteligente), *cerebríaco* (con cabeza de súper Einstein y no de chorlito) y *caso cerebral* (enfermo el cerebro), que había añadido a su diccionario. Luego repartió una sopa de letras y le propuso a la clase buscar palabras. Judy encontró todas las *medipalabras* a velocidad *cerebríaca*.

Por fin la llamó el señor Todd. A ella, ¡la doctora Judy Elizabeth Blackwell! Se puso la bata de médica, un estetoscopio y un

parche en el ojo izquierdo. Se forró los zapatos con bolsas de plástico. Se pintó entre las cejas con un marcador negro y se pegó insectos de goma por todo el pelo con cinta adhesiva.

—Hoy soy Elizabeth Blackwell, la primera mujer médica —dijo Judy—. Voy a empezar con un poema.

Respiró hondo para que no le diera un terrible ataque de nervios. O un fuerte ataque de sudor.

Elizabeth Blackwell
Vivía en un ático
donde nada era automático

Era la primera de la clase,
¡no había quién le ganase!

La primera doctora llegó a ser
(los chicos no lo podían creer).

Una clínica abrió
y a muchos pobres curó.

Trajo niños al mundo
y vacunó vagabundos (¡qué bien!)

Su propia escuela abrió
y a muchos enseñó.

Hasta un libro escribió
(imagina lo que le costó...)

No sé cuándo nació,
pero en 1910 murió.

Sigan su ejemplo ahora,
pues fue una gran doctora.

Todos aplaudieron.

—¿Alguna pregunta antes de que empiece la operación? —preguntó Judy.

—¿Por qué estás en piyama? —preguntó Hailey.

—Por súper limpieza —aclaró Judy—. Es una bata de médico. Los médicos tienen que ser muy, muy limpios y se dan toneladas de baños al día.

—¿Por qué tienes una sola ceja? —peguntó Frank.

—Es una ceja única. Como la tenía Elizabeth Blackwell. Además me hace ver más inteligente. Como una *inteliniña* que no es un *caso cerebral*.

—¿Por qué llevas un parche de pirata en el ojo? —preguntó Brad.

—Elizabeth Blackwell sufrió una infección en un ojo y se lo sacaron, así que llevaba un parche.

—¡Ooh, qué feo!

—¿Por qué tienes insectos de goma en la cabeza? —preguntó Jessica Finch.

—Como no sabían cómo curarle el ojo,

le pusieron sanguijuelas en la cabeza. Creían que serviría.

—¡PUAF! —exclamó un grupo de niños de la clase.

—¿Escribiste tú la poesía?

—No la iba a escribir mi gata, ¿no?

—¿Por qué llevas bolsas de plástico en los pies?

—Por si hay sangre —dijo Judy.

—A ver, todos, dejen que Judy nos enseñe su proyecto —pidió el señor Todd.

—¡Ahora toca una operación de verdad! —dijo Judy.

—¡Házmela a mí! —gritó Frank.

—¡A mí no! —exclamó Rocky.

—Si necesitas un cobaya —dijo Jessica Finch—, puedes operar a Peanut.

—Ya tengo un paciente.

—¿Está muerto? —preguntó Brad.

—Mi paciente está vivo, no muerto. Mi paciente es mejor que practicar con un hermano pequeño. Mi paciente tiene muchas tripas. Tripas viscosas.

—¿Quién es?

—¡Cuéntanos!

—¿Tiene nombre?

—Sí.

—¡Oh, no! ¿Tiene la piel verde?—preguntó Rocky.

—¡Sí! —contestó Judy.

—¡Es Ranita! —exclamó Frank.

—Se llama... Cala —dijo Judy levantando un calabacín con la cara pintada con marcador—. ¡Cala Bacín!

Toda la clase aplaudió.

Frank se levantó para ayudar. Sostuvo en alto un dibujo que había hecho Judy con el interior de un calabacín visto por rayos X.

—Primero hay que observar las radiografías para saber qué es lo que estás haciendo.

—¿Qué es esa gran mancha negra? —peguntó Rocky.

—Ésa es la cosa que voy a quitar. El apéndice. Nadie sabe para qué está el apéndice, así que es bueno sacarlo.

—A mí me quitaron el apéndice —dijo Alison S.

—A mí me lo quitaron dos veces —intervino Brad.

—Antes de empezar —explicó Judy—, no hay que olvidarse del juramento Hipo. Jurar por el tal Hipo, Padre de la Medicina, y la señora limpia y Louis Lasagna, que vas a hacer todo lo posible como médico. Luego hay que comprobar que el paciente esté limpio.

Judy se volteó hacia Frank.

—¡Cepillo de dientes! —y frotó al calabacín con un cepillo de dientes.

—Aguja.

Frank sacó la aguja del maletín de médico y se la dio.

—Se le da un pinchazo al paciente para que se duerma. Pones vocecita dulce y le dices que no va a sentir nada. O haz un chiste para que se sienta bien. Por ejemplo,

¿qué hortaliza no está llena por dentro? ¡La cala-vacía!

Frank se partió de risa, sobre todo por el chiste.

—¡Cuchillo! —Frank le pasó a Judy un cuchillo de plástico.

—Lo siguiente es hacer la incisión.

—I-N-C-I-S-I-Ó-N —dijo la inteliniña de Jessica Finch, la reina de las medipalabras—. Un corte, tajo o raja.

Judy cortó el calabacín con el cuchillo de plástico.

—Tijeras —pidió Judy, y Frank se las dio. *Tris, tris, tris.*

—¡Sangre! —le dijo Judy a Frank.

Señaló el frasco de ketchup. Frank echó ketchup sobre el calabacín.

—En las operaciones siempre sale mucha sangre.

—Tanto ketchup me da ganas de comer perritos calientes—dijo Rocky.

—¡Pinzas! —gritó Judy. Y en voz baja añadió: —Las de la ropa.

—Quitamos el apéndice —Judy sacó un puñado de semillas con la pinza de la ropa.

—¡Esponja! —Judy tomó el calabacín y le limpió la sangre-ketchup. Como estaba tan empapado, se le resbaló de las manos y se le cayó al suelo.

¡OH, NO!

Los niños de atrás se levantaron de los asientos para ver qué había pasado. ¡Allí, en entre las filas 2 y 3, estaba partido por la mitad en medio de un charco de sangre—

ketchup Cala Bacín, el paciente perfecto!

—Regla número uno: mantener la calma —dijo Judy—. ¡Reconocer que "no sé" qué hacer!

Entonces se le ocurrió una idea. Levantó las dos mitades del paciente y le dijo a Frank:

—¡Sutura! —y Frank le dio aguja e hilo.

—Voy a coser al paciente.

Judy le enseñó a la clase cómo poner bien los puntos. *Dentro, fuera, dentro, fuera.*

—No se trata sólo de coser. Porque al paciente le quedaría una cicatriz morada como la de Frankenstein. O una cicatriz en forma de pizza, como la mía.

Judy se arremangó para enseñar una abultada cicatriz en forma de pizza de cuando se cayó al perseguir el carro de los helados. Judy y Frank se rieron hasta que les dolió el apéndice.

Frank ayudó a Judy a ponerle curitas al paciente.

—Se espera una semana y luego se quitan los puntos. Se le dice al paciente que descanse y coma ciruelas o muchos helados de Heladería Mimí. No, mentiras. Eso es para las anginas. ¡Da igual! Fin.

Todos aplaudieron con ganas.

—Buen trabajo —la felicitó el señor Todd—. Bonitos detalles. La verdad es que has pensado en todo. ¡Yo diría que ha sido una operación *de impacto!*

Desastre médico

Al día siguiente de la Operación Calabacín, Frank Pearl llevó un muñeco de cartón a la escuela. Un muñeco de cartón exactamente igual que él.

—¡Impresionante! —exclamó Rocky—. ¡Tienes un hermano gemelo!

—Es un clon mío. Yo soy Frank. Él es Stein. ¿Se dan cuenta? ¡Somos Frank-y-Stein!

Judy deseó que Frank-y-Stein no fuera mejor que la Operación Calabacín.

Frank Pearl le contó a la clase que se pueden tomar muestras de ADN de un hueso o un pelo.

—En una célula están todos tus genes. Puedes hacer otro tú, exactamente igual que tú, por clonación. No puedes ver tus genes —explicó Frank—. Pero están todos ahí.

—Yo puedo ver a las gentes —bromeó Brad—. ¡Están por todas partes!

—No he dicho *gentes* sino *genes*, G-E-N-E-S, genes. El ADN es lo que hace que tú seas TÚ.

—¡Guau! —dijo Judy admirada.

—Unos científicos clonaron una oveja y le pusieron el nombre de Dolly. Y después han clonado un montón de ratones. Y unos cuantos cerdos, aquí mismo, en Virginia —le explicó Frank a la clase.

—¿Es verdad eso, señor Todd? —preguntó Jessica Finch.

—Es ciencia-ficción —contestó Alison S.

—Como en *Parque Jurásico* —dijo Rocky.

—Es verdad —intervino el señor Todd.

—Si encuentran un mamut congelado en el hielo pueden intentar clonarlo con el ADN y así los mamuts dejarán de estar extinguidos. De verdad —insistió Frank.

—Gracias, Frank —dijo el señor Todd—. Muy interesante. Muchos pensamos en la clonación como si fuera ciencia-ficción.

☙   ☙   ☙

El resto de la mañana Frank Pearl no prestó ninguna atención. Judy le escribió una nota, pero no contestó. Le contó un chiste, pero él no se rió.

—¿Qué te pasa? —le preguntó Judy.

—Mi proyecto no era bueno.

—¡Cómo que no! —exclamó Judy—. Eres un gen-io.

—Mi proyecto era de cartón. Cartón muerto. Nadie creyó que fuera verdad. El tuyo tenía algo real. Algo vivo.

Frank se quedó mirando a Peanut, el cobaya.

—¿Por qué estás mirando a Peanut? —preguntó Judy.

—Estaba pensando en que debe de sentirse solo —dijo Frank.

—Judy, Frank, ¿de qué están hablando? —preguntó el señor Todd.

—Lo siento, señor Todd —dijo Judy—. Frank está preocupado por Peanut. ¿Se sienten solos los cobayas? ¿Por no tener amigos?

—Pues sí, a los cobayas les gusta estar acompañados.

—Yo tengo cobayas y mi libro sobre cobayas dice que nunca debes tener uno solo —dijo Jessica Finch.

—Por eso nos turnamos para jugar con él todos los días —dijo el señor Todd—. Y por eso le hicimos una casa divertida. Ahora vamos a concentrarnos en nuestro trabajo, ¿de acuerdo?

En el recreo de la mañana Frank se reunió con Judy y Rocky en la fuente.

—Chicos, tienen que ayudarme a meterme en un lío —dijo Frank.

—¿Estás loco? —le preguntó Rocky.

—¿Acaso quieres ir a la Antártida? —le advirtió Judy.

—No, lo que quiero es que el señor Todd me deje en el salón de clases durante el almuerzo. Necesito intentar un experimento científico. Uno de verdad. Sobre la clonación.

—Eres un genio —soltó Rocky.

—Genio de genes —dijo Judy soltando la carcajada—. ¿Qué clase de experimento quieres hacer?

—Clonar a Peanut. Voy a hacer otro cobaya exactamente igual. Aquí mismo. Así tendrá un amigo. O varios. De verdad, no de cartón. Si me sale bien, nadie pensará que la clonación es ciencia-ficción.

—La clonación sólo funciona con los extraterrestres —aclaró Rocky.

—Y también con los huesos. Y con las cosas congeladas —insistió Judy.

—¡Qué va! —dijo Frank.

—De todos modos, es ilegal practicar ciencia con animales. Me lo dijo Stink. Tienes que utilizar un calabacín o algo así.

—Todo el mundo clona verduras. Y experimenta con calabacines.

—¿Qué hay de malo en eso? Los médicos

de verdad practican los puntos de sutura con calabacines. Es totalmente científico.

—Clonar un cobaya sí que es totalmente científico.

—¡Olvídalo, Frank! —exclamó Judy—. No puedes clonar así nomás. Necesitas equipo. Cosas raras, como las que tienen los científicos en los laboratorios.

—Es fácil. Sólo necesito ADN, que lo saco de unos cuantos pelos de Peanut, un plato como el que usó Rocky para los gérmenes del Lego y electricidad. Y un poco de ayuda.

—¡Ni un solo gen de mi genial ADN te va a ayudar a hacerle daño a un animalito! No puedes experimentar con él —dijo Judy—. Yo miraré, pero sólo para asegurarme de que no le haces daño.

—Vamos a preguntarle al señor Todd si podemos quedarnos dentro en el recreo para limpiar la caja de Peanut —sugirió Frank—. Así nadie se meterá en un lío.

—Perfecto —dijo Rocky.

—Genial —añadió Judy.

—Totalmente científico —concluyó Frank dándose unos golpecitos con el dedo en la cabeza.

❧   ❧   ❧

Cuando sonó el timbre del almuerzo, Judy, Rocky y Frank se quedaron en el salón. Pusieron un papel de periódico nuevo y paja limpia en el suelo de la caja de Peanut. Rellenaron la botella de agua. Le pusieron un cartón de rollo de papel higiénico nuevo y sin roer para que pudiera esconderse.

En cuanto salió a almorzar el señor Todd, Frank dijo: "¡Deprisa!" y agarró las tijeras puntiagudas del maestro. Rocky sostuvo a Peanut mientras Frank hacía *tris, tris, tris.*

—Cuidado —dijo Judy—. Te estoy viendo.

—¡A nadie le hace daño que le corten el pelo! —protestó Frank. Luego, puso con cuidado cuatro pelos en el plato— Sólo nos falta la electricidad.

—¿Sirve un microondas? —preguntó Rocky.

Frank puso los pelos del cobaya en el microondas.

—Tres minutos —dijo apretando los botones.

—Voy a decir unas palabras mágicas —
dijo Rocky—. Déjame pensar. ¿Cómo es...?

"Cortar el pelo y enchufar.
¿Cuántos cobayas me saldrán?
Ini, mini, gran Houdini.
Due, tre, dodici, catorzini".

¡*Ding*! Frank sacó el plato y volvió a
meterlo en la caja de Peanut.

—Tápalo con un poco de paja —sugirió
Rocky.

—¿Y ahora qué hacemos? —preguntó
Judy.

—Esperar —dijo Frank.

—No va a salir bien —dijo Judy—.
Debías haber practicado con un calabacín.

A la mañana siguiente, cuando Judy llegó a la escuela, Frank estaba mirando la caja de Peanut. ¡Nada! No había ninguno nuevo. Ni *due*. Ni *tre*. Ni *catorzini*. Sólo Peanut, que dormía con la cabeza apoyada en una hoja de lechuga.

—No funcionó. Clonar debe de ser más difícil de lo que yo creía —se quejó Frank.

—Te lo dije —le advirtió Judy.

—¡Pero no me voy a rendir! —insistió Frank—. Todo el mundo sabe que la ciencia lleva tiempo.

Esperaron un poco más. El jueves y el viernes, cuando Judy llegó a la escuela, Frank ya estaba allí ante la caja de Peanut. Nada. Cero, cerillo, cerete.

Peanut seguía solo. A Frank Pearl, en cambio, lo acompañó todo el día la preocupación.

❧   ❧   ❧

Sin embargo, el lunes por la mañana, sucedió. Judy estaba garabateando clones de cobaya con el lápiz Gruñón mientras esperaba a que sonara el timbre para empezar las clases, cuando alguien gritó:

—¡Eh, Peanut tiene un amigo!

A Judy se le cayó el lápiz Gruñón. Se precipitó hacia la caja. Peanut TENÍA un amigo. ¡De verdad! De verdad, verdad. ¡No! No era *un* amigo, sino uno-dos-tres... ¡cuatro amigos! Un clon por cada pelo que había cortado Frank.

—¡LA CIENCIA FUNCIONA! —gritó Frank.

—¿Qué pasa?

—¿De dónde salieron todos esos cobayas?

—¡Cloné a Peanut! —explicó Frank dirigiéndose a todos—. Al principio no funcionó. ¡Luego todo salió muy bien! ¡Cuatro cobayas! ¡El doble-triple-cuádruple de mágico que Frank-y-Stein!

—¡No son clones! Los niños no pueden clonar cosas.

—¿Son de verdad?

—¿Será que Peanut tuvo crías?

Judy Moody parpadeó una, dos y tres veces. No podía creer lo que veían sus retinas, iris y pupilas. ¡Frank Pearl había clonado al cobaya Peanut! Lo estaba

viendo con sus propios globos oculares. Los globos oculares no mentían.

—¡Lo logré! Cloné a Peanut. ¡Soy un niño científico mundialmente famoso! ¡La persona más joven que jamás ha clonado un cobaya! —gritó Frank.

—¡Yo te ayudé! —exclamó Judy—. No te olvides de mí, Judy Moody, la primera niña médica. Lo hemos conseguido juntos, ¿verdad, Frank? Los dos somos famosos.

¡Seguro que yo... nosotros, quiero decir... entraremos en *El Libro Guinness de los Récords*. ¡El *Ripley, aunque usted no lo crea*!

—¡OH, NO! —dijeron una-dos-tres voces. Tres voces fastidiosas, nada divertidas, normalmente amigables.

Frank se rió con tantas ganas que se le cayó la baba. Rocky igual. ¡Pero lo peor de todo era que a Jessica Finch se le estaban partiendo las *vértebras* de risa!

—Son míos, son míos, son mis cobayas. ¡Te hemos gastado una broma, Judy Moody! —decía dando saltos.

—Caíste —dijo Frank.

—Te lo tragaste como una píldora —soltó Rocky.

¿Y qué estaba pensando ella? Que ella,

DAPHNE

Judy Moody, no era la primera niña médica que clonaba un cobaya. Todo había sido una broma. Una trampa. Una tontería de pies a cabeza.

—¡Deberías verte la cara! —exclamó Frank.

—Estábamos tomándote del pelo —le aclaró Rocky.

—¿Creías que habías clonado un cobaya? —preguntó Jessica.

—Por supuesto que no —contestó Judy.

Buscó debajo de la paja y sacó el plato. Allí seguían. Pero ya no había cuatro pelos, sino ocho, dieciséis, treinta y dos... Lo único que se había multiplicado eran los pelos del cobaya.

—¡Ja, ja! ¡Claro que te lo creíste!

A Judy le subió la presión. ¡Empezaba a tener fiebre! Ella, Judy Moody, se sentía como un payaso.

—Te presento a Jazmín, Canela, Coco y Nuez Moscada —dijo Jessica—. Las Spice Girls.

—¡Unas antipáticas! ¡Y ustedes, más todavía! —exclamó Judy mirando a Rocky y Frank—. El señor Todd va a llegar de un momento a otro. ¿No deberían sentarse todos ya?

—Sí —dijo Frank—. Para escribir una carta para ¡*Ripley, aunque usted no lo crea*! Querido señor Ripley: Lo creas o no, le hemos gastado a nuestra amiga Judy Moody la mejor broma de nuestra vida.

—¡GRRR! —gruñó Judy Moody.

Judy Dumpty

Judy se despertó enferma a la mañana siguiente. No estaba enferma de mentira. Ni estaba enferma de ira, por lo que le habían hecho sus amigos. Estaba enferma de verdad. Le dolía el cerebro. Tenía la cabeza caliente. Sentía un nudo en la garganta.

Judy corrió al espejo y sacó la lengua. Estaba roja. Pero no roja como las pastillas para la tos de Inés Cereza. ¡Roja como un camión de bomberos! Y vio un bulto como una bola al fondo de la garganta, uno a cada lado. Ella, Judy Moody, tenía unas anginas como uvas. ¡Como bolas de boliche!

Los bultos le daban aspecto de perro de caza. Los bultos le daban aspecto de clon de Peanut (con cara de ardilla). Los bultos le daban aspecto de Humpty Dumpty.

Su padre entró en la habitación. Le tocó la frente. Le vio la garganta hinchada como una bola. Le tomó la temperatura.

—Estás enferma de verdad —dijo su padre mirando el termómetro—. Es como lo que tuvo Stink. Deben de ser anginas.

Stink entró a verla antes de ir a la escuela para ver si estaba enferma de verdad.

—¡Stink! —gritó Judy como pudo—. ¡Fuera de mi habitación!

Las anginas le hacían salir una voz rara.

—¿Que me vaya de la estación?

—De mi habitación. ¡Fuera!

—¿Y por qué?

—¡No querrás que se te peguen otra vez las anginas!

Mouse saltó a la litera de abajo.

—¿Cómo es que Mouse puede estar aquí y yo no?

—¡Los gatos no tienen amígdalas!

—¡Stink, no te acerques mucho a Judy! —gritó la madre.

¡No lo dejaban entrar en su cuarto! ¡Qué curioso!

Quedarse en casa enferma no era tan divertido como Judy creía. Cuando su madre le dio refresco de jengibre con un popote, se le metió por la nariz. Cuando su padre le dio una tajada de pan tostado con plátanos machacados, Judy la miró y dijo:

—Parecen sobras.

Y lo peor de todo era que los programas de televisión que pasaban durante el día estaban llenos de besos.

Su madre le tomó la temperatura con un termómetro nuevo y sin pelos de gato. Tenía 38.8°.

—Ya llamé a la doctora McCaries —dijo—. Esto te hará sentirte mejor.

Luego le dio una medicina. No una rica aspirina infantil que se masca y sabe a naranja. Tampoco un riquísimo jarabe para la tos con sabor a moras.

¡Una pastilla! Pero no una pastilla normal. Una pastilla grande. Una pastilla monstruosa. Una pastilla del tamaño de Nebraska. Su madre le pidió que se la tragara. Que no la masticara. ¡Su madre quería que se tragara Nebraska!

Judy se llevó la mano a la garganta.

—No puedo tragar —se quejó con voz de enferma.

—Pero tragaste sin problemas todo el refresco de jengibre —dijo su madre.

—¡El refresco de jengibre no es Nebraska! —murmuró Judy con voz de anginas como bolas de boliche.

—¿Alaska? —preguntó su madre.

—¡Ne-bras-ka! —silabeó Judy.

—Prueba —insistió su madre—. Te hará sentir mucho mejor.

Judy cerró los ojos. Se tapó la nariz, se puso la pastilla en la lengua y tragó un vaso de agua entero.

—Muy bien —dijo su madre.

Judy saco la lengua. ¡La pastilla todavía estaba allí!

—¿Judy, cómo vas a ser doctora si no sabes tomarte tus propias medicinas?

—Cuando sea doctora inventaré una máquina de tragar pastillas —dijo Judy.

—De acuerdo. Da igual. Te la voy a partir para que te la puedas tomar.

—*Ja-cias* —dijo Judy.

❧ ❧ ❧

Judy lo pasó muy mal. Peor que si tuviera piojos. Más inflada que si tuviera paperas. Con más gérmenes que si tuviera lombrices.

Un día sin escuela era más largo que un mes. Un día sin escuela era igual que un año. Pero por lo menos ella, la payasa que les había dado a todos un rato de diversión, no tenía que ir a clase y ver a sus "graciosos" amigos.

De todas formas, si hicieran las paces, ella podía estar pasándole notas a Rocky en ese momento. O contándole chistes a

Frank Pearl. O haciéndole muecas a Jessica Finch cerebro de roedor. Pero estaban todos en la escuela, aprendiendo cosas divertidas, interesantes y fascinantes en vez de tener dolor de cabeza; cosas como que en el oído hay una cadena de *huesecillos* (no *huesitos*). O aprendiendo a decir *maxilar* (que es lo mismo que mandíbula).

Judy hubiera querido clonar a un amigo para tenerlo allí en ese momento. En cambio, estaba contando las curitas de su colección. Tenía trescientas treinta y siete. Más trece que le había puesto a Sara Secura, su muñeca de jugar al médico. ¡Y una caja nueva con treinta más que le había regalado esa mañana su madre por estar enferma!

337 + 13 + 30 = es demasiado difícil de sumar si no estás en la escuela.

Luego ensayó su firma de médica, un garabato rápido, como la firma de los médicos de verdad.

Dibujó con marcadores apoyada en la almohada. Frank, con bigote. Rocky, con pelo de Frankenstein. Jessica Finch, con cerebro de roedor. Y Stink, con una tela de araña.

Hizo una lista de todos sus muñecos de peluche:

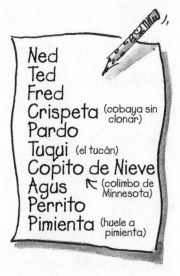

Ned
Ted
Fred
Crispeta (cobaya sin clonar)
Pardo
Tuqui (el tucán)
Copito de Nieve
Agus (colimbo de Minnesota)
Perrito
Pimienta (huele a pimienta)

Había más, pero copiarlos todos le daba calambres en las bolas de boliche de las anginas.

Se tomó ella misma la temperatura. Con un termómetro que hacía *bip-bip*. No era normal. No era 37°. ¡La temperatura de Judy era 87°! ¡La temperatura de Judy era 0°! La temperatura de Judy era *bip-bip-bip-bip-bip*... ¡Ella, Judy Moody, tenía la temperatura de un extraterrestre!

Se fijó en las grietas del techo. La Osa Mayor. Un perrito caliente gigantesco. Un cerebro (sin dolor adentro).

Judy se puso otra vez el termómetro. ¡*Biiiiip*! Otra vez 0°.

—Saca la lengua, Mouse —dijo.

Le puso a Mouse el termómetro debajo de la lengua. La temperatura de Mouse era... la letra M. Se lo puso otra vez. La temperatura de Mouse era ERR. La temperatura de Mouse ni siquiera eran números. La temperatura de Mouse ni siquiera era humana. ¡La pobre Mouse estaba más enferma que ella, la doctora Judy Moody!

—¡Pobrecita! —exclamó Judy.

Entonces le dio una tajada de pan tostado con plátano machacado TYM (Todo Ya Mascado). A Mouse le encantaba el plátano machacado.

Hojeó uno de los libros de Stink sobre unas hormigas malvadas de un asteroide entre Marte y Júpiter que querían dominar el universo.

Leyó los cómics del doctor Rex Morgan que su padre le había recortado de dos periódicos. Leyó tres capítulos de los misterios de Inés Cereza, estudiante de enfermería, hasta que los ojos empezaron a picarle.

Por fin, al cabo de cien años, Stink regresó de la escuela. Y al cabo de otros cien años subió a verla a su habitación.

—¡Stink! ¡Lombrices! Hay lombrices por todas partes. Más vale que te vayas.

—¿Lombrices?

—Gérmenes, Stink. ¡Gérmenes! ¡No has visto el cartel? —Judy señaló el cartel que ella misma había puesto en la puerta—. "¡CUARENTENA!" ¡Eso significa "ALÉJATE"!

—Mamá me dijo que te trajera las tareas. Y te he traído más cosas.

—¿Como cuáles?

—Una moneda de madera de parte de Rocky. Se la dio la Maga Suzie. Tiene un conejo saliendo de un sombrero.

—Estoy enojada con él —dijo Judy—. En realidad estoy furitriste. Y no voy a hacer las paces por una moneda. Me da igual que sea de madera.

—Aquí tienes una tarjeta de parte de Jessica Finch. Tiene un juego de palabras.

En la tarjeta decía:

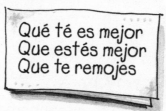

Qué té es mejor
Que estés mejor
Que te remojes

—Tienes que mirar dentro la respuesta.

Judy abrió la tarjeta. Decía:

Ninguna de las anteriores.
¡Que te mejores!
Tu amiga, Jessica Finch

—Supongo que quería decir "Tu N-miga, Jessica Finch".

—Y... ¡ta ta ta TA-RÁN! Una carta de amor de Frank Pearl —anunció Stink.

—Dámela —dijo Judy.

—Yo también te hice algo hoy en la escuela —Stink sacó un papel arrugado de la mochila.

—¿Un papel arrugado? —preguntó Judy—. *Musas ja-cias.*

—¡NO! ¡Es un cazagérmenes! Puedo atrapar gérmenes con él. ¿Lo ves?

Stink se puso a dar saltos con el papel como si agarrara algo en el aire.

—¡Stink! —protestó Judy—. No *majas deír.*

—Está bien, no *taré deír.* Pero mira.

Adivina tu suerte —Stink le enseñó el cazagérmenes—. Elige un número.

Judy miró el cazagérmenes. No vio ningún número. Nada más que palabras raras.

—¡Es francés! —dijo Stink—. Hoy aprendimos los colores y los números en francés. Elige uno.

Judy señaló el *quatre*.

—Cuatro —le aclaró Stink—. *Un, deux, trois, quatre*. Ahora elige un color.

—Si tú lo dices —dijo Judy.

Señaló el *bleu*, el azul, que parecía estar en inglés —*blue*— pero con las letras cambiadas.

—B-L-E-U —deletreó Stink—. Elige otro.

Judy señaló otro color.

—Rojo. R-O-U-G-E —dijo Stink—.

Luego, levantó el doblez del papel.

—Ésta es tu suerte —le explicó Stink—. *Il y a un dragon dans mon lit.*

—¿Qué significa eso? —le preguntó Judy—. ¿Que tus amigos son unos clones atontados?

—Significa "Hay un dragón en mi cama" —le aclaró Stink.

—¿Eso es todo? ¿Ésa es mi suerte?

—Ésa o *Mi caballo está loco* —dijo Stink—. Son las dos únicas frases que he aprendido hasta ahora.

—Yo me sé otra —dijo Judy.

—¿Sabes francés? —preguntó Stink.

—*Oui* —contestó Judy.

Sacó la libreta de médico. Escribió una receta para Stink.

Sin duda alguna

Ella, Judy Moody, estaba de mal humor. Un humor de estar harta de estar enferma. Ya no la animaban ni los dibujos de bolas de boliche de su piyama. Le recordaban las anginas. Judy se puso la piyama con postales de todo el mundo.

La doctora McCaries dijo que Judy tardaría unos doce días en aliviarse.

¡Doce días! ¡Sólo de pensarlo le subía la fiebre! ¡Y se le disparaba la presión sanguínea! Doce días hasta que pudiera dejar de hablar como un gato debajo del agua. Doce días hasta que pudiera aprender huesos nuevos o decir *escápula* o evitar ir a la Antártida.

Doce días más para sentirse como la payasa de la clase.

Judy compuso una canción: "Doce días con anginas".

En mi primer día con anginas
Me ha traído mi herman-é
Un cazagérmenes y una
carta de amor de Frank P.

Llegó hasta ahí antes de quedarse dormida. Otra vez. Se pasó durmiendo el segundo día con anginas.

Mi mano

Mouse

Mandíbulas

El osito
Ned

Inteligencia

Humor

El resto

Mapa de mi cerebro

Anginas, día 3: Judy dibujó una radiografía de su mano; una radiografía de Mouse; una radiografía de Mandíbulas, su Venus atrapamoscas; y otra de su osito de peluche Ned.

Anginas, día 4: otra vez con la doctora McCaries.

Anginas, día 5: ¡QUÉ ABURRIDO! Judy dibujó un mapa de su cerebro.

Anginas, día 6: Judy decidió que cuando sea doctora inventará un remedio para las anginas color camión de bomberos, para que los pacientes no tengan que pasarse el día dibujando radiografías de gatos ni mapas de su cerebro.

Anginas, día 7: ¡*Ding-dong*! A lo mejor es Stink de vuelta de la escuela. Judy se arropó bien, metió la cabeza debajo de sus muñecos de peluche y se hizo la dormida.

—Toc, toc —dijo Stink.

—Estoy dormida —contestó Judy.

—Toc, toc —insistió Stink.

—¿Has vuelto a hacer la dieta PLATÓN, Stink?

—Pregunta quién llama a la puerta —dijo Stink.

—¿Quién llama? —preguntó Judy.

—¡NOSOTROS! —contestaron Rocky, Frank y Jessica Finch.

¡Sus tres mejores N-migos!

—¿Qué están haciendo ustedes aquí? —gruñó Judy—. ¿Han venido a reírse de mi cara de ardilla, verdad? Se enteraron de que tengo unas anginas como bolas de boliche y han venido a decirme que parezco Humpty Dumpty.

—¡No! —dijo Frank—. Vinimos...

—Espera. Deja que lo adivine. Clonaron un oso hormiguero. Un armadillo. Un protista. Ja, ja. Muy gracioso.

—Te trajimos algo para hacer las paces... o sea, para que te sientas mejor —dijo Rocky.

—Nada puede hacerme sentir mejor —se quejó Judy—. Me siento horrible. Que rima con terrible. Y con peor imposible.

—Pero es que esto funciona —insistió Frank.

—¿Es una pastilla? —preguntó Judy—. Espero que no sea una pastilla del tamaño de Nebraska.

—No.

—¿Es una ciruela pasa? Espero que no sea una saludable ciruela pasa.

—Pues no.

—¿Es una curita? Espero que sea una curita con letras.

—Ninguno de los anteriores —dijo Jessica Finch.

—¿Chilla? ¡Estoy oyendo chillidos!

—¡Sí! —exclamó Jessica.

—¿Tiene pelos, aletas o colmillos?

—¡Sí! —gritó Stink.

Rocky le enseñó una camiseta con algo escrito.

—Las camisetas no tienen pelos ni aletas ni colmillos.

—Mira —dijo Frank dándole la vuelta a

la camiseta—. Te la hicimos en casa de Rocky. En la camiseta dice "ZARPAS QUE CURAN". Le pusimos huellas de cobaya en azul.

—¡Pero una camiseta no chilla! —exclamó Judy.

—No —dijo Rocky—, pero las mascotas sí. ¡Te trajimos animales para que los acaricies!

—Como lo de la terapia de Zarpas que curan —le aclaró Frank.

—Así te baja la presión sanguínea y no te sientes enferma —dijo Jessica.

Rocky había traído a su iguana, Houdini. Frank, un pez rojo y morado en una pecera; y Jessica, a Chester y sus cuatro crías: ¡las Spice Girls no clonadas!

Stink fue a su habitación y volvió con Ranita.

—¡Trajeron medio zoológico! —exclamó Judy.

—Y aquí tienes una insignia auténtica de Zarpas que curan —dijo Stink—. Te la conseguí en la tienda de regalos del hospital.

Le enseñó una insignia donde se leía "ESTOY EN LAS ZARPAS DE UNA MASCOTA QUE CURA".

—¡Me encanta!— dijo Frank.

—¡La mascota está genial! —exclamó Judy.

Judy se puso la camiseta de Zarpas que curan encima de la piyama con postales del mundo. Y se prendió la insignia.

Rocky le pasó a Houdini.

—Sostenlo mientras le corto las uñas.

Tris, tris, tris.

—¡Tiene las uñas más largas que Stink! —se rió Judy.

Frank dejó el pez en la mesa de Judy, junto a la colección de gomitas.

—Mi tía me regaló este pez luchador siamés cuando estuve enfermo. Le puse "Judy".

—¡Igual-igual! —exclamó Judy.

—Puedes quedártelo hasta que te mejores. Ya sé que no lo puedes acariciar, pero se supone que es para distraerte, y que te hace sentir mejor sólo con mirarlo.

—Te prometo que me voy a pasar el tiempo mirándolo —dijo Judy.

—¡Mira! El pez luchador Judy hace burbujas —exclamó Stink.

—¡Qué curioso! —dijo Judy.

—Y puedes jugar con Ranita todo el tiempo que quieras —añadió Stink—. Siempre y cuando no la operes.

—No —dijo Judy—. Lo prometo.

Cada uno bañó a un cobaya con un champú especial que había traído Jessica.

—A Coco no le gusta que la bañen —explicó Jessica—. Pero los cobayas tienen que estar limpios.

—¡Como los médicos! —dijo Judy.

Luego los soplaron para secarlos.

—¡Nuez Moscada quedó como para ir de fiesta! —exclamó Judy acariciándola.

Jessica hizo dar dos volteretas a Canela, y Coco le jaló los bigotes a Crispeta, el cobaya de peluche de Judy.

—Eso significa "hola" en cobayo —dijo Jessica—. Parece que quiere ser su amigo.

Todos soltaron la carcajada.

Nuez Moscada se escapó de los brazos de Judy y se puso a dar vueltas por la habitación.

—¡Ven acá! —exclamó Jessica.

Nuez Moscada correteó alrededor del cojín de Judy, el oso Ned, el oso Ted, el oso Fred, la papelera y el maletín de médico de Judy. Dio vueltas y revueltas por la alfombra de caracol de Judy.

—¡Agárrenla! —gritó Stink.

Todos persiguieron a Nuez Moscada. Hasta Mouse. Nuez Moscada se escondió debajo de la alfombra de caracol. Judy la atrapó con un envase de helado.

—Uf, qué rápida eres, niña —le dijo Judy a la cobaya rascándole la panza— ¡Eh, miren, le gusta que le rasquen la panza!

—Le gustas tú —la corrigió Jessica.

—Ah. Ojalá pudiera quedármela para siempre —dijo Judy—. Prometo no clonarla.

—Todavía es muy pequeña —explicó Jessica—. Pero mi papá dice que cuando las Spice Girls crezcan podremos llevarlas al hospital, para Zarpas que curan. Para ayudar a otros niños a sentirse mejor.

—¡Qué curioso! —exclamó Judy.

@ @ @

Cuando se marcharon todos, Judy se incorporó y se recostó en sus muñecos de peluche. Ya no se sentía tan enferma. Ya no tenía las amígdalas tan hinchadas. Ella, Judy Moody, ya no estaba tan gruñona. Los amigos eran mejores que las ciruelas pasas. Los amigos eran mejores que las medicinas. Los amigos eran mejores que el refresco de jengibre, las tajadas de pan tostado TYM y toda la televisión del mundo.

Le estaba bajando la fiebre. Y la presión sanguínea. Las anginas estaban enco-giendo deprisa. ¡Eso, seguro!

Judy Moody sacó el diario de cuando estaba inspirada. Escribió un poema. Un poema con sentimiento. Un poema sobre "Judy Dumpty".

Judy Dumpty estaba muy hinchada,
Judy Dumpty estaba enfurruñada.
Todos sus hermanos y
todos sus amigos
   la curaron con muchos cariños.

174

Judy sacó su libreta de médico. Ella, la doctora Judy Moody, se escribió una receta para sí misma:

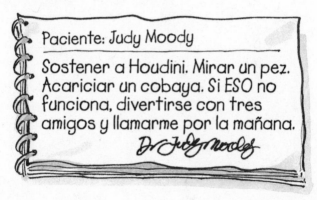

Paciente: Judy Moody

Sostener a Houdini. Mirar un pez. Acariciar un cobaya. Si ESO no funciona, divertirse con tres amigos y llamarme por la mañana.

Dr. Judy Moody

Y por último, aunque no por eso lo menos importante, Judy firmó con un garabato, como los médicos.

LA AUTORA

Megan McDonald es la autora de la inmensamente popular y galardonada serie protagonizada por Judy Moody. Sobre la inspiración para escribir este libro, dice: "Antes de escribir *Doctora Judy Moody* estuve en una clase con unos niños que querían clonar a su mascota, un cobaya. En otra clase había un esqueleto que se llamaba Jorge. Y después me enteré de que algunos estudiantes de medicina aprenden a poner inyecciones y a "operar" con calabacines. Entonces me di cuenta de que Judy Moody podía hacer de "Judy Moody, la primera niña médica". Megan McDonald vive con su marido en Sebastopol, California. Tienen dos perros, dos caballos y quince pavos silvestres.

EL ILUSTRADOR

Peter H. Reynolds es el ilustrador de todos los libros de Judy Moody. Sobre este libro dice: "Me he dado cuenta de que he llegado a conocer tan bien a Judy y su familia que salen naturalmente de mi lápiz. *Doctora Judy Moody* tenía profundas resonancias para mí. La idea de Judy desplegando su talento para curar a los demás me transmitía una imagen muy poderosa. Siempre me ha emocionado la gente que alberga grandes sueños para el futuro, ¡especialmente los niños!" Peter H. Reynolds viven en Dedham, Massachusetts, muy cerca de su hermano gemelo.